KB078739

단편적 우울

단편적 우울

이준영

목차

고난에 대하여

쇠약해져 간다

조금씩 지쳐 간다

할 만했는데
이제는 조금 무서워진다.

중년의 운전수
고물 트럭
변속기어의 삐걱거림

살아 있다는 것

느끼고 있다면
살아 있다

어떠한 감정이라도
느끼고 있다면
그 순간 살아 있다

느낄 수도 없고
모든 것이 무의미해진다면
그것은 끝

무언가 느끼고 있다면
살아 있다.

방아쇠

너그럽지 못한 사람들의

불편한 것들.

젊은 사람들과
노인들의

러시안룰렛

입단속

갑자기 튀어나온다

놀랐을 때도

힘들 때도

시가… 삶이 뭐길래

X발

민족

국적이 무슨 소용일까?

말 좀 통하면 같은 마음인가?

가끔 상식이 통하지 않는 것을 보면

그리 중요하지 않다

한 단어로 묶기에는 우린

다른 삶을 살아간다

미로

삶을 알아도
모르고 있어도
출구는 미로

탈출한 사람들은
말이 없고

갇힌 사람들의
시끄러운 아우성.

고뇌

책상 앞 고상함의
불만

자신은 모르는
누군가의 헌신

생각의 무능

한 편의 시는
한 끼를 해결해 주지 못한다.

그럼에도 고뇌하는
무능함.

안개

희망 없는 젊음

안정이 없는 노년

서로의
시야는 안갯속

신호등의
적색만이
유난히 빛나는

그 세계

동정

연민이라도 느끼며
지금 삶을 위로해

위로받는 삶은
무엇을 잃어버렸다고
생각했을까?

위로하는 삶은
무엇을 가졌다고
생각했을까?

멀리 저 멀리

수평선
아님
지평선

하늘을 가리켜 본들
그 위는 대기권
위성의 잔해
별빛

그 너머 은하계

현재 옆 사람 마음도 모르는
이상으로 둘러싼
손가락.

반복

노력의
열등감 또는 오만

탐욕과 기회주의자
학벌과 무관한 도덕성

사람과
배신

나 역시 같은
인간
혐오의 반복.

행복에 대하여

한 편의 행복

우울, 분노, 불안의 단편

다시

행복

염세주의

기회가 박탈당한 것 같다고 생각하며

자기 연민을 안주로

시간을

갈아 마시는

추한

주정.

초심

너무 밑에 깔려 있어
잊어버린다

잠시 생각이 나도
너무 밑에 있다

찾기 위한 시간보단
잃어버린 시간이 더 길어서
점점 더 잊혀 간다.

시인

시인이 살아간다
냉정함을 이해했지

고상한 척하는 시인은
금방 죽고
악착같은 시인은 미쳐 버리고

시를 쓰는 것은
기억 속에서
끊임없이

작은 심지를 살리는 것
아니면 한 구절이라도
영원히 기억하는 것

내려갈 때마다

불안과 우울
알 수 없는
감정들을 적어 갈 때마다
결정처럼 뭉쳐지고

그것은
암석

빛나지 않는
원석

우울에 취해

아무것도 하지 않아도
되는 안도감

자궁 속에서
나오고 싶지 않은 마음

빛과 소음이 무서운
더 이상
어떤 감각도
느끼고 싶지 않은 날.

바다

바다를 보며

느껴지는 푸른 비린내

사는 게 다 그런 건가

육지나
바다나

아무 냄새 없이는 살 수 없겠지

의식

우리는 부패에 대해 너그러워
그래야 차례 때 먹을 수 있으니

입으로 공의를 말하지만
사실 우리는 공의를
보기 싫거나 불편한 것으로 판단하지

우리는 공의에 대해
깊은 생각을 한 적이 없어
먹고살기 바쁘거든

우리는 항상 피해의식이
기본으로 깔려 있어
그렇게 보고 자라 왔거든

공정하면 불편하고
부패하면 편하다고.

24

앞서가는 사람

위로 보이는 하늘

높게 올라간 사람들의
공허함
깨달음

하지만

그들이
앞서갈 수 없는

현실.

삐걱거림

무엇을
불필요한 것들로
내몰았을까?

무엇이 되고 싶어
서로를 불쾌한 것들로
내몰고 있을까?

이상을 꿈꾸는 사람들은
스스로 썩어 가고

조금씩
어긋나고 있다.

작은 정의

사소하고 작은
정의가 필요할 때
누구보다 강하고
올바른 사람이 되며

위험하고 강한
정의가 필요할 때
작아진다.

사소한 정의 앞에서
신념과
자존심을 세우지만

부당한 정의 앞에서는
돌아서며 숨는다.

사소한 정의에

강해지며
부당함에 대해서는
무지해진다.

작은 신념 앞에서는
반항하지만

강한 신념 앞에서는
순응한다.

윤리에 대하여

큰 놈들은
분류하겠지만
작은 것들은
머리가 아프다.

자잘한 관계에서 오는
원망이나 원한이
큰 놈의 미끼로
집어삼켜지니

자갈 같은
감정들을 살펴보는 것이
머리가 아프다.

멀리서 보면
명확한데

가까이서 보면
머리가 아프다.

선을 지키면
누군가 선을 지우고
관계의 부족함이
윤리의
부적절함으로
표현된 것은 아닌지

머리가 아프다.

지하철

출근길 무언가의 입속으로 밀려들어 가네
길고 긴 그 속에서
세뇌되고 나오면
마주할 현실들

무엇을 꿈꾸고 있었는지

출구로 나올 때
꿈은 없어진다.

거울

미래를 헤집던 손
희망을 바라보던 눈빛
시간이 흘렀다.

흰머리 한 가닥 눈가의 주름
거울 속 중년
시간은 흐르고
쭈글쭈글해지는 손
늘어지는 가죽

시간은 흘렀네

거울 속 노인.

쇼

아이의 묵살된 가능성의 동정
통장으로 들어오는 연민

불행을 담보로
잘 먹는
그들의 눈치

가난한 쇼

누군가는 울고
누군가는 웃고

너와 나 그리고 우리

우리는 이미 너무 많은 불신에
사로잡혀 있어
무의식 속에서도 서로를 믿을 수 없게
돼 버렸지.

마음은
작아지고 좁아지며
부딪히지 않으면 지나갈 수 없게 되어 버렸지

하고 싶은 것

끝없이 그 속에 머물러 있다.

나도 사람들도

기회는 동등하지 않기에

몸을 던질 바닥을 찾아다닌다.

딜레마

올곧은 정의는
부러지고

유연한 악의는
끝없이 살아남는다.

올곧은 정의는
불평등을 낳고

올곧은 악의는
모든 것을 집어삼킨다.

그것

무엇이든 삶에 이유를 붙여 주시며

죄책감도

가져가는

그분의 덕에

나는 편해지고 있소.

당신은

나의 불필요한 진통제.

사람이 싫다

사람이 싫다
자신의 신념에
사로잡힌 사람이 싫다.

대화에 신념을 주입하는
사람이 역겹다.

사람이 싫다.
약자라며 하이에나처럼
행동하는 사람이 싫다.

사람이
버려지는 것이 싫다.

인문학적인 성공

성공 후 인문학적인 포장
쾌변인가, 철학인가?

진흙인가, 점토인가?

노력인가, 포장인가?

붓다는 웃는다.

지들 멋대로 갖다 붙이는
의미에

권태와 불안, 애증

남을 따라가면 고립되고
자신을 따라가기엔 늙은 정신
뒤틀린 마음 외적인 정직함
혐오스러움의 관용
끝없는 토론

정신을 놓으며 생각 없이 살고
온갖 욕구를 떡칠하며 사는 추한 인간이
되는 불안감.

가시밭길 그 끝은 또 다른 가시밭길
도전은 고통의 시작 그리고 끝없는 고행
성취 그 후 무력감.

도피하지만 누울 곳 없는 천국

공정을 외치는 음흉한 사람

도전을 외치는 낙오자
사랑을 말하는 애정결핍
배려를 말하는 이기주의자
결속을 원하는 권력가
위로만 받고 싶은 지친 사람들

좋은 것도 많은 것이 사람이지만
추한 것도 많은 것이 사람이라

인간은 애증이다.

어릴 적 시골집

천장에서 쥐들 뛰는 소리가 들리면
아버지는 쥐덫들을 설치했지

벌레도 많았지만 그때는 그러려니
알 수 없지만 편했어.

지금은 그곳에서 못 살아
시간 따라 불편한 것들을 보지 않게 되었고
지금은 거북한 것들이 되었지

이제는 날파리만 생겨도 신경이 곤두서
유대감을 버리고 온 도시는
작은 방처럼 날 삭막하게 만들고

그때의 아늑함은 이제 느낄 수 없을지도 몰라.

존엄

서로의 존중이
자신의 존중으로 바뀌고

존엄이라는 말들 속에
자신의 욕망을 조금씩 넣어
휘두른다.

존엄을 외칠수록
썩어 버린 것들이
휘둘리며 부패시킨다.

추상화

미래를 본다는 착각

난잡한 붓질
정처 없이 떠도는 정신
번져 버린 잉크

형태 없는
추상화

죄와 벌

죄의
흔들림
공포감

신경 쓰이다
아무런 감각도 느껴지지
않으면

죄에서 해방됨과 동시에
인간으로서
실격.

책상 앞에서

책상 앞에서 글을 쓴다
고상한 척 아는 척

그래 봐야 부패하는 사람

부처도 예수도

위대한 사상가도 부패하는 사람
그들이 남긴 것은 썩지 않는 이념

하지만 사람은 썩는다
먹고 싸고 썩고
사람은 계속 썩어 가고, 이념만이 순수하게 남는다

판도라

열지 말아야 할 것들이라는
이름으로
썩어 간다

악취가 나고
불결해진 것들

썩은 것은 버려야 한다.

여행

빛이 보였어
따라갔지

혼자만 보는 빛은
아니었어

반은 살고
반은 죽었지.

우린 방향만 같은
길이 다른 세상에
살고 있었지

죽음

바다에 살던 물고기가 죽었고

육지에 살던 생물이 죽었는데

더 알고 싶은 것이 많은지
사람만이 여기저기 죽음을 헤집고 다닌다.

신이시여

이유가 없는 것도
있겠다는 생각

어딘가
아니면 무언가

무한한 시간 속에서

기다리시는 것인가

그 속에서
무엇을 기다리시는 것인가

인간의 고통이
하찮게 보이는 기다림일까

악착같이

악착같이 살아 본들
몸만 상할 뿐

대충 살아도
몸만 버릴 뿐

열심히 살아도
몸만 아플 뿐

악착같이 살면
아플 뿐

타인

우린 불편한 존재

그 사이에
혐오

친절함
그 사이에
권태

사랑하지 않으면
불편해진다.

부처

모든 것을 버린 마음은 편해지고

현실은 불편해지고

사변적인 가르침은
사람들의 고통을 해결해 주지 못하고

부처의 이름은 예수와 함께
상징으로
썩어 가는 육체와 정신.

어느 지하철의 거북함

출근길 지하철
내 앞에 노숙자가 앉아 있었다.

처음에는 동정심
흰색 패딩이 검은 때로 얼룩진 지저분함
그의 옆을 피하는 사람들

가난 속에 비치는 동정의 그림자
밀려오는 이 거북함
왜 거북할까?

그는 지하철을 탔다
단지 그뿐 그런데 왜 거북할까?

애써 침착하게 생각해 보지만 한구석에서 몰려오는
불쾌감
그 사람이 주는 불쾌한 가난의 형태

더러움

사회는 도움을 말하지만
가능성 없는
중년의 노숙자에게 해당하지 않는다

가난을 관찰하며 위선을 베푸는 것에 대한 회의

불쾌함, 혐오, 회피

난 올바른 시민은 아니다.

사회에서 말하는 약자에 저 노숙자는 없다
이미 가능성을 소모한 중년의 지저분함

나 또한 얼마 남지 않았을지 모른다는 불안감
그래서 불쾌함
그를 마주 보는 자신의 거북한 지하.

기괴한 소리

자기 계발을 교수처럼 강연한다.
우물 안의 개구리가 되지 말라며 나오라는 말

뒷다리가 없는지
앞다리가 없는지 신경은 쓰지 않는다

혹해서 우물 밖으로 나가지만

뛰지 못하는 놈은
그냥 병신

개굴개굴.

내가 좋아하는 작가였던 사람들

술주정, 자살충동, 도박꾼

그들을 보며

이상만으로 버티기에는

자신이 강하지 않다는 것과

고통의 나약함

희망이 잡히지 않는 신경질적인 강박감

언제 끝날지 모르는 노동

삶에 대한 회의감

미쳐서 편해지고 싶었을까?

반항심으로 미친 것일까?

나도 미쳐 보고 싶은데

그냥 미친놈이 될 수는 없지.

예술에 대하여

위대한 예술은 설명이 필요 없고

위대한 예술은 간소하며

유명한 예술가는 설명하지 않고

설명하려 하는 나는 멀었고.

링 위에서

하나는 나락

하나는 절망

하나는 좌절

하나는 가난

떨어진 사람들을
뒤로하고

예선전이 끝난
본 경기 시작.

냉소와 허무

현실에서 도피하는
젊은이와 노인들

그들에게
방공호 같은 것들

그 속에서
전쟁 준비 중인 사람들
잘못된 무장으로
여러 상처 입히는
자칭 혁명가.

시시한 삶

고난 한 번 없고
원하는 대로
이루어지는 그런 삶을
이룬 누군가에게

그대는 진정
축복받은 사람

세이렌

난파되는 사람의
노랫소리

수많은 꿈속에 묻혀

어느 순간 바다 위에 혼자 남았네

남은 건 별 하나.

시련

어떠한 예고도 없이

찾아오고

그때 깨닫는다.

이유가 없다는 것을

내가 어찌할 수 없다는 것도

해결할 수 없다는 것도

부딪힌 것이라
재수가 없는 것이라

자유

자유는 밖으로 나와
썩어 간다
모두의 자유가 한곳에
모여 변질돼 썩어 간다.

거름이 되지 못한 자유의
악취

병에 걸려
쓰지도 못하는 썩은
자유

밤바다 고기잡이

별처럼 빛나는 배
내 눈에는 죽으러 가는 것처럼 보이는데
자기들 딴에 희망인가 보다
아니면 호기심
멍청하다며, 쯧….

가만 보니 사람도 별반 다를 것이 없네

희망이라 착각하고
사지로 들어가는 사람이 얼마나 많은지

난 아니라고 생각하지만 이미 늦었을 수도 있고
누군가의 식탁 위에 올라가야 눈치챌 테니
나도 물고기도 달려드는 나방들도
정체도 모를 빛에 죽을 자리인지도 모르고 가는 거지.

깨달음

삶에 정답이 없다는 것이

모든 것이 정답이 된다는 것은
아니네.

안타깝지만 오답은 존재하고

짧은 인생

답을 찾아가고 싶은데
오답을 피하기도 벅차구나

변명

숨기고 싶은 것들
중요할 수도
사소할 수도
있는 것들을
위해서 하는 말들

급하게 막아내는
부실 공사
무너지는 저것….

대어

마음속에 살아 있는 그 녀석은 입질 한 번 없다

긴 시간 동안

기다려 보았지만

입에 맞지 않는 것일까?

근처에 오지도 않는다.

큰 놈 낚아 보겠다고 너무 보잘것없는 삶을
미끼로 던진 것은 아닐까?

아무 생각이 없다

미래는 오지 않아서
현재는 아무 일도 일어나지 않아서
할 것이 없어
그냥 죽치고 앉아 담배만 물다
이렇게 뒤지면 어떡하지
하면서 한 개비 더 피워 본다
불안해서 하나 더 피워 보면
폐는 더 이상 연기를 품을 곳이 없다고 한다.

쉽지 않아 술을 먹는다.
기분이 너무 좋아서
아무 생각이 없다.
조금 더 취하면
과거만이 남겠지

아무 생각 없다
어제까지는

부코스키

천박한 글
난잡한 삶

더럽지만 유쾌한
주정뱅이 시인

그때나 지금이나
먹고사는 게 힘들기는
매한가지

살아남아서 써 내려간
그는 승리했지

나는?
모르겠어….

집중에 관하여

내 머릿속은
무언가 하고 싶어도
끊임없이 움직이며
나를 힘들게 한다

충동적이며
가벼운

억지로 잡아서
앉혀 놓으면 소리를 지르고
내가 버릇을 잘못 들여 놨다

다른 집은 조용하고 차분히
잘도 따라 주는데
내 집은
말을 들으면 몸을
꼬아 댄다.

버릇을 잘못 들였다.

도살장

문득 차 옆으로 보이는
도살장으로 향하는 돼지들
며칠 있으면 식탁으로 올라가겠지
돼지는 살아남기 위한 노력을 하지 않았으니
죽을 수밖에 없다는
노력의 책임 전가

돼지는 먹기 위해 길러진 것뿐

살아남기 위한 노력이

무슨 소용이냐

돼지의 노력은 인간에게 무의미
나의 노력도 누군가에게 무의미

시

대단한 척
써 보지만

그래 봐야
낙서

말세라고 말하는 사람들은
자신들이 만든 관이라는 것을 알까?

시인이라 나불대는
방구석에 박혀 글 쓰는 찌질함

예술가라 포장하지만
굶주린 쥐
뭐 좀 찾아보겠다고 발악하는
인간.

도포

잘 포장된 희망을 걸쳐 입고
다닌다.

잘 포장된 수의인 줄 모르고
지옥으로 들어간다.

싸늘한 마음

차가운 희망으로 포장하는 삶.

미아

정해진 것 없는 선택에
밀려오는 피로감
길이 없다는 두려움

다르게 살아 보려 하지만
다른 척하는 삶일 수도 있구나

길을 만드는 것이 아니라
그냥 잃어버린 것일 수도 있구나

떠돌이 개도 돌아갈 곳이 있지만

나는 갈 곳이 없네.

사이

나와 너

예술과 현실
사랑과 이성

흑과 백

안정과 도전
우울과 행복

화합과 분열
삶과 죽음

좁혀지지 않는 사이

껍질

내장은 썩었지만

그 껍질은 어찌나 아름답던지

죽어 없어졌지만

그 자리에 살아 있는 듯한
아름다움

장미여관 그

글을 쓰며 억눌린 욕망의 폭발
관능적인 글을 쓰며 참아 온 감정의 분출
문제가 있다면

글을 썼다는 것

불온한 것들을 적을 때의 불쾌한 시선들

짐작을 확신으로 만드는

망상에 잡아먹혀

희생당한
백지의 탕아.

부모

부모님과 거닐던 해변
조개껍질 속 세계

옛날이나 지금이나

변함없고

낭만은 자식들에게
시련은 자신들이

행복하게 살아와서

냉기 속에서 온기를 알고
삶을 알아 간다.

투명한 그리고 불편한

조용히 떨어지는 비.

밖은 힘겨운 투쟁
얇은 유리막 사이에서
느끼는 감정의 차이는

편안함과 분노

청(清)

너무도 빨리 물들어 버린다

노을로 물들고
밤이 오며
빛을 원하는 갈망으로
찾아다닌다

그것이 꿈이라
희망이라

새벽이 왔을 때
슬퍼하지
않는 사람으로
되어 가길

조각칼

노동을 통한 정신의 승화

예술은 멀리 있지 않다.

매 순간 삶의 판각

음영 속에서
깎은 판화.

밖으로

생각은

잠시

뒤로하고

현실로

밖으로

자신을 쓰기 위해

마치며

불안과 우울에 나약합니다.
이런 것들은 항상 머릿속에서 떠나지 않고
끝나지 않을 여정같이 느껴지기도 합니다.
냉소적이거나 불만에 가득 찬 것들을 적으며
스스로 반론하며 좋았던 순간들과
앞으로 좋아질 것들을 생각합니다.
묻어 두는 것보다 들추어 이겨 내는 것이 낫다고 생각합니다.
그 과정은 때로는 구질구질하게 느껴질 정도지만
좋지 않은 글과 평온해지는 마음을 보며
성숙의 과정이라 생각합니다.

감사합니다.

단편적 우울

ⓒ 이준영, 2023

초판 1쇄 발행 2023년 5월 8일

지은이   이준영
펴낸이   이기봉
편집   좋은땅 편집팀
펴낸곳   도서출판 좋은땅
주소   서울특별시 마포구 양화로12길 26 지월드빌딩 (서교동 395-7)
전화   02)374-8616~7
팩스   02)374-8614
이메일   gworldbook@naver.com
홈페이지   www.g-world.co.kr

ISBN   979-11-388-1876-6 (03810)